멸종이 확정된 동물

백인경 지음

봄날의 시집

봄날의책

일러두기
　　한 편의 시가 다음 면으로 이어질 때 연이 나뉘면 여섯 번째 행에서,
연이 나뉘지 않으면 첫 번째 행에서 시작한다.

시인의 말

베란다 창을 열면
옆 빌라 옥상이 보인다.
한집에 모여 사는 어린 래퍼들이
거기서 힙합 얘기를 하며 담배를 피운다.

어느 봄날
나는 옆 빌라 옥상으로 뛰어 올라가
베란다 창을 통해 우리 집을 들여다보았다.
내가 벗고 나온 허물 속처럼
낯설고 신비로운 풍경이었다.

방충망 너머
소파에 누워 볕을 쬐던 고양이들이
헛것을 보는 표정으로 나를 바라보았다.

이 시집을 읽는 표정들이 그러하길 바란다.

2024년 가을
백인경

차례

1부

플랭크

나는 팔꿈치로 버틴다. 배에 힘을 주세요, 등은 꼿꼿하게
펴구요. 누군가 말한다. 목이 아프니까 거울은 보지 마세
요. 그래서 거울이 있는 줄 알았다.

옆에 누워 나를 본다면, 문을 두드리다 지쳐버린 자세다.
밀어낸다는 느낌으로 하세요. 내가 밀어내는 거구나. 매트
위로 똑, 똑 땀방울 소리를 내면서. 이건 안에 사람이 있다
는 소리다.

길어야 일 분이다. 라고 생각한 게 몇 년은 된 것 같다.
나는 그저
턱에서 소리가 나는 걸 고치러 온 건데

누군가 내게 이를 악물 만한 이야기를 자꾸 해준다. 중력
과 부력 사이에서 날개뼈가 흔들리다가 어긋나면

억장 같은 게 무너지는 걸 보고만 있다. 거울 속의 내가

올바른 자세

턱과 목 사이에
방울토마토 하나를 끼운 듯한 자세
그것이 올바른 자세입니다

그 상태를 의식적으로 유지하세요

선생님은 그러고선 늘 사라진다

선생님이 다시 올 때까지 이거 안 먹고 기다리면 나중에
하나 더 줄 거야
하며 마시멜로와 애만 덩그러니 남겨두는 어떤 실험처럼

선생님은 영영 오지 않을 것 같고
탕비실에 저들끼리 모여 믹스커피와 마시멜로를 먹고 있
을 것 같고
창가 화분 위로 연두색 방울토마토 한 알이 안간힘을 다
해 붉어지는 동안
나는 요가 매트 위에서 덩그러니 살아 숨 쉬는 일에 열
중한다

언제나 갈비뼈를 닫는다는 느낌으로 호흡하세요
또다시 마음을 다친다면
갈비뼈를 제대로 닫지 못한 탓일 테지
고개를 끄덕이면 턱 아래 방울토마토가 으깨질 것 같다

올바른 자세 속에는
단단하고 잘록한 의식의 함양까지 포함되는 건가요
천천히 모래가 뒤섞이는 시간을 다들 어떻게 견디고 있
나요

선생님은 영영 돌아오지 않을 것이다
그런 체념을 학습시키기 위해 선생님은 돌아온다

오늘 내일은 조금 뻐근할 거예요
근육을 키우기 위해서는 좋은 상처가 필요하거든요
나도 모르는 사이에 내가 다쳤다는 사실을 알려준다
이 말이 듣고 싶어서 여기에 온 것이지만

의심이 쌓일수록 베개가 높아졌다
밤새 축축한 믿음이 목 소매를 물들였다

징크스

왜 내가 장화만 신고 나가면 비가 그치는 걸까
그럴 땐 꼭 신이라도 된 것 같다

어떤 가게든 내가 들어가면
손님들로 바글거리게 돼
신기하지
자신만만하게 떠벌려놓고는

아무도 없는 백반집에서
확신에 찬 눈으로 물끄러미 유리문만 쳐다보다가 국이
다 식어버렸을 때
아무도 기도하러 찾지 않는 신의 입장에서
인간을 미워하는 방식을 알게 되었다

맑고 청아하게 고인 풍경 위로
철떡철떡 장화를 구르면서
흙탕물 속에서도 물들지 않는 순결한 흰 양말을 자랑하
려는 심보로

믿음에 대한 책임을 전가하기 위해
인간은 징크스라는 단어를 고안해냈고

신은 인간의 마음을 출고할 때
파손주의 스티커를 붙여
에어캡에 감싼 채 내보내지만
심심하면 그것을 터트리며 논다

내가 실시간으로 경기를 관람하면 응원하는 팀이 꼭 지고
아껴 쓰는 제품은 반드시 단종되고

왜 내가 좋아하는 사람은 항상 죄를 짓게 되는 걸까
가해자가 된 당신을 바라보면
내가 꼭 악마라도 된 것 같다

랜드마크

이모는 어른인데 왜 치과가 무서워?

다 큰 어른도 치과는 무섭단다
치과는 두려움의 상징이거든
두려움을 형상화하기 위해 존재하거든

그런 것들이 꼭 있다
괴담이 있어야만 도시로서 의미가 있다
없으면 만들어서라도

치통보다 더한 것을 겪으러 간다
눈을 감은 채, 잔인한 소리로만 은유되는
입술이 찢어지거나 턱이 빠지는 경험
여기는 무한한 상상의 세계, 어쩌면
디즈니랜드나 에버랜드와 가까울지도 몰라
극에 달할수록 손을 번쩍 드는 행위나
손을 들어도 아무것도 달라지지 않는다는 것까지

더 크게 아 하세요
소리 없는 비명으로 무엇을 바꿀 수 있을까
끊기지 않을 만큼 질긴 이야기를
더 오래 질겅질겅, 씹을 수 있게 하겠지

흉하고 너덜너덜한 괴담으로 한없이
늘어질 수 있도록

별안간 카니발이 시작되고
무희들과 돌연변이 괴물들이 행진하는 동안
곳곳에서 풍선과 불꽃이 터진다
처음 보는 간호사가 내 손을 꼭 잡아주었다
두려울 일이 아직 남아 있다는 듯이

츄러스와 구슬 아이스크림의 세계에서
그 세계의 오색찬란한 미아 보호소에서
대기실 의자에 앉아 호명을 기다리면서

좀처럼 학습되지 않는 순간들이 있다

한번 입안을 씹은 이후로
계속 같은 곳을 씹는다

경청

고양이는 등을 돌린 채 앉아 있지만 내 말을 다 듣고 있다
귀를 이쪽으로 젖히는 걸 보면 안다

듣고 있어
말해 계속

그런 말은 때에 따라 다르게 들린다
위로 같기도
비아냥 같기도
다르게 들리는 걸 알기에 그렇게 말한다

어항에 얼굴을 갖다 붙인 채 귀를 기울여도
물고기의 이야기는 들리지 않는다
뺨의 온도와 어항의 온도가
일순 비슷해지는 것에 만족하면서

신은 등을 돌린 채 앉아 있지만
인간의 말을 듣고 있다는 걸 증명하려고
주머니를 까뒤집어 속엣것을 보인다
새까만 밤이 와르르 쏟아진다

스케치 여행

남들보다 괴랄한 아름다움을 포착하기 위해 기차에 올랐다

이 여행을 위해 고깃집과 호프집에서
밤새 죽어라 쟁반을 나른 것이다

배낭 속에 챙긴 딱딱한 생강젤리가
멀미를 예방해주리라는 믿음으로
삼등칸 표를 예매했건만

통로를 향해 난 긴 복도를 지날 때마다
누운 이들의 발바닥을 본다
정말 더럽고, 보고 싶지 않은데도 불구하고
나는 자주 통로에 나가 서 있었다

정차 시간은 너무도 짧고
내릴 만한 아름다운 역은 나타나지 않았다
그릴 만한 아름다운 사람도 타지 않았다

예리하고 날카로운 관찰 대신
둔탁한 사유만이 부딪치는 차창 밖으로
쉬지 않고 스치는 추상적인 소재들

죽은 첫사랑이 해사하게 손 흔드는 것과
청량한 환멸에 관한 이정표와
시위대 속에 섞인 엄마 아빠를
눈으로 읽어내다 보면 어느새
배낭 속 희망이 절실해지는데

내 생강젤리는 어디 갔지?

쥐도 새도 모르게 믿음을 도난당했다

속을 다 게워낸 배낭 속에서는 생강 향이 나는 것 같고
누릿하게 퍼지는 고기 굽는 냄새와
비현실적인 왁자지껄이 들리는 것 같고……

통로를 막고 있는
이상한 외국인으로 보이고 싶지 않다

허겁지겁 종이와 연필을 꺼내
차창에 종이를 깔고
창밖의 일에 대하여
무작정 크로키
죽어라 크로키
부서지는 크로켓
그렇게 고로케

마주치는 어떤 역무원도
어디까지 가시느냐고 묻지 않는다

묻는다면, 집에 가는 길이라고 대답해야지

이 여행만 끝나면 모든 게 잘될 것이다

빵가루처럼 지저분한 변명을 입가에 묻히고 생각했다
작품은 집에 가서 그릴 것이다

배니싱 트윈*

우리는 똑같은 자세로 매달려 있었다
물감이 부족한 데칼코마니처럼 희미하게

엄마는 담배를 피웠다 우리에게
구름으로 만든 신발을 신겨주려고 마치 천사의 감옥처
럼 아늑하게
두 개의 초침으로 시끄러운 그곳에서
서로의 전생에 대해 속삭이며 콜록콜록 웃은 적도 있었
지

손금이 갈라지자 손바닥이 가려웠다 여긴 뾰족한 게 없
어 우리는 볼펜이 필요한데
서로의 손바닥에 이름을 적어주고 싶었는데

누나가 먼저 주먹을 쥐었다 아무것도 기억하지 않겠다
는 듯
이게 싸움의 자세라고 했다

어제는 비가 내렸다 주먹이 단단해질수록 빗방울이 뾰
족해졌다
라디오 주파수가 위태롭게 흔들렸다 내일의 날씨가 혼
선될 때

누나가 혹처럼 둥글어졌다 우리가 배운 최초의 거짓말 다음에 다시 만나자
누나의 흐무러진 손바닥이 찢어진 날개처럼 파닥대다 사라졌다

무덤을 옆에 두고 잠들 때마다 무서운 꿈을 꿨다
엄마는 모르는 것 같다

나는 빨리 자라고 싶었다 손뼉을 치며 웃으려고

* 쌍생아 중 하나가 모체 속에서 사라지는 현상.

파우더형 인간

인체의 70%가 수분이기에 비로소
납득되는 것들이 있어요 가령
조금만 부딪혀도 금세 곰팡이가 피고 상해버리는 마음
이나
서로에게 돌을 던지고 싶어 하는 습성 같은 것들

심호흡을 할 때 목구멍 속으로
둥글게 떨리는 파문이 느껴진다면

우리에게는 후천적 진화가 필요합니다
실리카겔을 삼켜대던 어린애처럼
절박한 갈증의 아름다움을
직시하던 시절도 있었습니다만
어째서인지

점점 목소리가 축축해지는군요
뒷모습이 퉁퉁 부풀어 오르는군요

허탈한 기분으로 잠에서 깨는 날이면
입술은 딱 물어뜯기 좋게 말라 있습니다
털어서 먼지 안 나는 베개가 어디 있겠어요
원래 꿈이란 그런 거랍니다

불가피한 무게로
다소간의 불쾌함이 수반되지요

어린애들이 왜 그렇게 울어대겠어요
눈물이 증발하면
뺨이 더욱 단단해진다는 사실을 알고 있기 때문입니다

우리에게는 바삭한 슬픔이 필요합니다
혓바늘이 무뎌질 때까지
끊임없이 서로를 핥는 방식으로
최선을 다해 바스러지는 연습이

해피 버스데이

마을버스에서 큰 소동이 있었다
이게 다 마을에 버스 따위가 있어서다
암묵적으로 장례식이 치러지는 동안
버스 밖에서 바라본 풍경을 복습했다

언젠가 버스에 올라탔다가
아, 이거 꿈이구나
하고 미안해하며 내릴 때
거기 타고 있던 사람들이 웃으며 괜찮다 했었지
어깨를 두드리며

우리에게 날개가 달렸다면
버스가 달릴 때마다 부딪히지 않기 위해 얼마나 날갯짓
해야 하겠니
얼마나 다행이니……
우리에게 그딴 위험한 게 없어서……

맞은편에서 스쳐 가던 같은 번호의 버스 속에는
여기와 닮은 얼굴의 사람들이 타고 있다
서울사이버대학교나 메리츠 암보험 같은
버스 밖의 일만을 고뇌하면서

노선을 벗어나는 것보다 무서운 게 있다
버스 천장에서 빛나는 푸른 금붕어 비늘
등껍데기가 깨진 바다거북의 표정
사람의 대가리를 후려치던 비상 탈출 망치
아무도 살지 않는 마을

달리는 사람을 보면 맹렬히 짖던 개가
멈춘 버스 안을 두리번거린다

가정식 희망

당장 저를 들여보내라고
난동을 피우는 불한당을 진정시키기 위해 점장은
대기 번호 001
적힌 쪽지를 그의 손에 쥐여주고
문을 닫았다

거짓말처럼 소란이 잦아들고
짐짓 편안해진 표정으로 그는
담배를 뻑뻑 피우며
열리지 않을 문 밖에서
언제까지고 서성일 수 있을 것 같다

유효기간 지난 항갈망제 처방전을 품고 다니는 주정뱅
이처럼
그에게는 아무렴,
의지의 발현이 중요했고
노력했다는 게 중요했고
그럼에도 어쩔 수 없었다는 증명이 필요했던 것이다

이해합니다

그의 뒤로는 대기 번호 001이
하나, 또 하나

길게 늘어선 대기 인원만 보고도
여기 잘하는 집인가 봐
기꺼이 고난을 감내하는 순교자의 표정을 지으며 줄을
잇는다
최초의 대기 번호 001은 여전히 콧구멍을 벌름거리며
희망에 가득 차 있다

나는 대기 번호 001들의 거룩한 행렬을 바라보며
그나저나 점장님
여긴 가정집인데 왜…… 다들 저러고 있나요?

그러게
가정식으로 잘못 알았나 보지
점장이 활짝 열어놓은 찬장에는
잘못 보관해 다 버리게 생긴 희망들이 쌓여가고

잠시 자리 비웁니다
쪽지를 붙여둔 채
우리는 뒷문으로 퇴근했다

독설가

그녀의 시는 지나치게 좋아서 지나치기 좋다

더구나
서브웨이 주문법이라든가
쇼핑몰의 사이즈 표보다 은유가 좋다

그래서
우리를 또 다른 이미지로 안내한다

이를테면
하수구 아래로 달음박질치는 생쥐를 발견한 앨리스의
주머니 속이나
새벽 라디오에 사연을 보내는 웬디들의 입술 속으로
아무 일도 일어나지 않을
어둡고 따뜻하고 말랑한 절망 속으로

그러나
텍스트에는 힘이 있어야 한다
바람이 불어도 흐트러지지 않는 배열과

동시에
볼링 핀처럼 와르르 무너질 수도 있는
그런 힘

왜냐하면
시대가 바뀌었다
어제와 내일의 쓸모가 다르듯이

그러니
하나 둘 셋 하면 던지는 거야
깨진 별 조각처럼
난데없이 날계란이 발치에 떨어질 때
그녀의 세계는 조금 더 깊어질 것이다

그러므로
누구나 좋아할 것이다 내가 아니어도

위시리스트

아직 안 샀지만
그거 진짜 잘 샀다. 그치? 응
그런 말을 주고받을 수 있는
뭔가를 사고 싶어

그래서, 어디에서 샀다고?
누구나 나의 과거를 궁금해할 테지만
소유의 순간에서부터 가능한 한 멀리 달아날 것이다

말하자면
델몬트 오렌지주스병 같은 거로부터
영원히 회수되지 않는 견고한 기억
그 속에 든 게 오렌지주스든 오렌지 향기 나는 보리차든
존재 자체로 상징적인 거

주스보다 주스병이 더 갖고 싶은 마음에
터무니없이 아픈 사람이 늘어나고
병실 문이 열리고 닫히는 찰나를 곱씹는 동안
누군가 깎아놓은 사과의 낯빛이 무안해지는
그런 이야기로부터
달아나면서

그 흐린 날의 레모네이드 좌판대와 삐걱대던 저울의 균형,
푸른 하이힐 속에서 은밀히 부풀던 물집,
주머니 속 꼭 쥔 폭죽, 미지근한 예감

한 번도 가져본 적 없는 것들을 적어 내려가다 보면
낯선 종류의 가능성을 목도했다
멀리서 보면 아름답고
가까이 오면 위태로운
별똥별 같은 희망을

어떻게 설명할 수 있을까
출처를 들키고 싶지 않으므로

그러지 말고 나한테 살래?
차라리 헐값에 거래되는 편이 낫다고
고개만 끄덕이고 끝낼 수 있는

단정한 결말이 있는 이야기를 사고 싶어
종이봉투에 담아 건넬 수 있는
나중에 되팔 때
거의 새거라고 우길 수 있는

멸종이 확정된 동물 24선

해가 지면 떡갈나무 우듬지로 기어올라갔지요
우리의 꿈은 긴 포물선을 그리며
지상에 잠깐 닿았다가 추방당했어요

마치 유성우처럼
아름답고 무용하게

언니, 왜 우리한테
울음을 그치는 법만 알려줬어요?

태어나자마자 고루해지는 게
들판이 낡아가는 게 대체 누구의 탓이기에
입술에 독버섯을 으깨 바르나요?

목숨이요
하나잖아요
누구나 공평하잖아요
공평해야 하잖아요

날갯죽지가 얼른 퇴화하면 좋겠어요
아무 데도 낫지 않고
아무것도 낳지 않고
다음 생에는 엽서로 태어나야지
투명하게 박제되고 싶어요 그러니

우리를 세지 마세요
구조가 싫어요
화살촉이 풍화되길 기다리느니
퇴적층의 선분이 되고 싶어요
누가 바위에 주먹질을 하겠어요

언니, 일어나 봐요
이제 우리밖에 없어요

소품

다음 연극을 기다리던 관객이 무대 위로 난입해
내 멱살을 높이 잡아챘을 때
연극의 흐름은 느닷없이 클라이맥스로 치솟았다
거미줄로 엮은 진주 목걸이가 사방으로 흩어졌고

사실상 그때부터 심장이 뛰기 시작한 거야 나는 어쩔 수
없이 내달렸지 진주들은 막무가내로 둥글어지기만 할 테
니 달아나는 저 눈알들에 대해서는 진주가 아닌 다른 이름
으로 불러도 상관없을 것 같아 내키는 대로 무작정 달린다
심장을 계속 뛰게 하려고

연극이 중지되었는데
아무도 내게 책임을 묻지 않는다

거기 앞에 공 좀 잡아주세요! 절박하게 외쳐도 왜 사람
들은 꼭 내 얼굴부터 쳐다보는 걸까 나는 쫓기듯 달린다
접시와 구슬, 단추와 동전, 내 모습이 담기지 않은 눈동자
를 찾아서, 다시 목에 걸기 위해서 그것들로
심장을 가리려고

연극이 중지되었는데
관객들이 아무도 나가지 않는다며
수화기 너머 연출가가 발을 동동 구르는 동안
연극의 은유를 찬양하는 평론가의 메시지가 이어졌다
명치에서부터 목덜미로, 거미가 빠르게 기어 오는 게 느
껴졌다

거미는 화가 난 것 같고
거미는 내 목을 물어뜯을 것 같다

수화기 너머 연출가는 그거야말로 자기의 의도라고 말
한다

담론[fence]

그날 쏟아진 것에 대해 우리는 의견을 나눈다
담장 밖에서 별안간 넘쳐 온 불편함에 대해

화단이 망가졌기 때문에
다들 적당한 애도의 기분을 가지고 있었고
그것은 분위기를 무디게 만드는 데에 도움이 된다

의견을 펼치고 싶다면 누구나 자유로이
사실에 근거하여 발언해주시기 바랍니다
엄숙한 선언 이후 잠시 침묵

사실과 진실의 차이는
은폐하려는 움직임이 있느냐 하는 거죠
각자의 진실을 사실적으로 만들기 위해
일제히 입을 다문다

그날 밤 우리가 뒤집어쓴 누명에 대해
뒤집어 입은 속옷에 대해
누군가 테이블을 밀치며 일어서자
밀봉된 탄산수병이 우르르 떨어져 바닥을 굴렀다
세찬 흔들림에도 굳건한 저 투명은
모양을 바꿀 생각이 없어 보인다

덧칠할수록 되레 연해지는 것들이 있다
도화지만큼만 정당해졌으면 좋겠다
목탄이 되었다가 종이가 되었다가 울타리가 되었다가
나무들은 언젠가 환장해버릴 테다

모든 의견이 취향으로 존중되었고
우리는 집에 가면 잊을 것이다
오늘밤에 대해
진흙 묻은 밑창에 대해

사실 그날 보드카를 엎지른 게 나야
조용히 말했는데 일제히
조용히 하라는 눈빛을 보냈다

영수증은 버려주세요

어린 동생은 아침마다 배가 아프다고 칭얼거렸다
아무도 이해할 수 없었던 복통
의사만이 증명해주었다
어제 뭘 먹었습니까
오늘 아침엔 식사를 했습니까
어머니, 얘는 지금 배가 고픈 겁니다
어린 친구들은 종종 그렇게 표현하지요

의사가 알아보는 것만으로는 충분하지 않다
항상 얼어 있던 컵 속의 물처럼
주머니 속에 넣은 손등이 붓는다

지폐보다 영수증이 더 많은 주머니
들어갔다 나오면 버섯 향이 배는
그런 주머니
다른 말로는 혹이라고도 해
증상뿐인 병들은 대부분 그렇게 불렸다

얼음이 꾸는 악몽처럼
그것들은 삼켜도 삼켜도 배설되지 않는다

오래 질겅거리던 기억을 잘 싸서 버리기 위해
까스 활명수와 멘솔 담배가 찍힌 영수증을 샀다 이거라
면
너도 이해할 것이다 선생님, 그러니까
얘는 지금 바지가 아픈 겁니다

허리띠를 풀면 어제들이 쏟아질 테다
나는 꾸깃꾸깃 추측되겠지만

딱풀로 영수증을 붙이며 식대를 지급해달라고 썼다
꾸덕꾸덕 마른 허기를 닫힌 병원 셔터 아래에 밀어 넣고
나는 달아났다

마스킹

이제부턴 이렇게 평생
듣고 싶은 것만 듣고
보고 싶은 것만 보고 살 거야

너는 그렇게 선언하고는 입을 다물어버린다
말하고 싶은 것만 말하겠다는 의지를 보여주듯이

예고 없이 폭우가 쏟아지던 날
어둑시근한 카페 안은
머랭처럼 비리고 부드러운 하얀 소음이 차오르고 있었고
사람들이 좋아하는 옛날 노래가 흘러나오고 있었다

빗소리로부터 조금 멀어질 필요를 느꼈기에
우리는 창가로 자리를 옮겼다
융화야말로 가장 다정한 형태의 상실이니까

종이우산이 꽂힌 파르페가 먹고 싶어 찾아간 곳이었지

통조림 체리
빼빼로와 웨하스
생크림 위 스프링클
초코시럽 뿌린
바닐라 아이스크림
또다시 생크림
달고 시원한
후르츠 펀치
콘푸로스트
파인애플
코코넛
칵테
일

맛있는 것에 맛있는 것을 더해
평생 맛있어지는 일에만 골몰해온 것 같은
한 컵의 최선이 덩그러니 놓여 있다

뭐라 설명할 수 없는 정직한 파르페의 맛 뒤로
어떤 대화도 또렷이 들리지 않았다

제목만 읽어 내려가도 내용을 알 것 같은 시집의 목차처럼
　　너의 표정만 봐도 결말을 알 것 같은데

　　이 정도면 할 만큼 했다면서
　　너는 파르페에 긴 스푼을 푹 찔러 넣고
　　울기 시작했다

　　가장 미워하는 것을 닮게 되는 것과
　　가장 닮았기 때문에 미워지는 것 중
　　무엇도 진심으로 미워한 적은 없었다며

　　창밖에는 비가 그치지 않고
　　너의 파르페는 무너지고 있고
　　작은 종이우산은 잔의 테두리에
　　머쓱하게 걸터앉아 있다

　　오늘 일기는
　　흰 공백으로만 채워도 기억할 수 있을 것 같았다

2부

애착의 형태

나예요
미친 바람 불던 날
숲에서부터 날아든 연두색 미농지

철없이 팔락이며 당신 늑골의 곡선을 베끼던
구김 많고 불투명한 마음 한 장

당신 심장보다 더 요란한 소리를 내며
실컷 가슴을 때려보다가
안개에 함빡 젖으면 기꺼이 투명해질래요

언제까지 그렇게 제멋대로 사랑할 셈이냐고
나뭇잎들이 수군거린다면
그 몸통이 반 토막 난 후
한 장의 보잘것없는 이면지가 될 때까지라고 말하겠어요

도르래

여러 개의 가능성으로
겹치고 늘어져 보이지만
사실은 길고 긴
단 한 줄의 사건이다

어떻게 엮느냐에 따라
전혀 다른 무게가 되는 단어

네모난 공백으로 비워둔
어떤 단어에 대해 이야기하는 것은

외운 번호로 전화를 걸듯
엘리베이터의 층수를 누르고선
버튼의 불빛이 하나하나
다 꺼지길 견디는 일

문이 열렸다 닫힐 때마다
잘못 건 전화였음을 깨닫는 표정을 짓는 일

천사들이 한 번 지상으로 내려올 때마다
한소끔의 영혼이 하늘로 올라가듯
서로를 끌어당기는 동시에
추락을 두려워하는 눈빛을 보는 일

미안해 계단이 고장 나서……
에이, 그게 어디 네 잘못이니
하면서도
그렇담 누구의 잘못인지
원망할 구석을 찾아 두리번거리는 일

엘리베이터 밖에서 억지로 문을 열려는 소리가 들린다
아직 사람 있어요!
나는 소리친다

악필

돈을 주고서라도 글씨를 교정하고 싶어
여러 개의 글씨체를 갖고 싶어
각자 슬픔의 맥락이 다른
몇 장의 자필 유서와 한 장의 죽음
필적 분석 전문가들은 상큼한 혼란에 빠질 것이다

가장 고치기 어려운 것은
펜을 쥘 때의 자세
손가락 하나만 다르게 까딱해도
다른 사람처럼 보일 수 있기 때문에

굵기가 다른 펜을 문장마다 번갈아 쓴 일기 속에서는
내 하루가 조별 학습 과제물처럼 보인다
최선을 다했지만 다시 겪고 싶지는 않다

대체 뭐라고 쓴 거야?
면전에 대고 의중을 다그치는 것이 애정이라면
들키고 싶지 않은 문장 속에도
알아봐주길 바라는 단어는 애증일 테지

징검다리 없는 개울가에 서서
이쪽으로 오지 말라고 소리치면서
깊은 곳을 향해 던지는 커다란 디딤돌처럼

물가에 벗어둔 낯선 신발을 마주하는 것이 두렵다

애인은 돈을 주고서라도
시를 공부하겠노라 선언하고
나는 제발
제발 그러지 말라고
두 손을 모으고 간곡히 부탁한다

인디언 서머

제로니모,

허공으로 뛰어내리고 싶어 깨진 어금니처럼 입속을 찌르는 이름
불러보네 오늘은 우리, 자꾸만 목덜미에 손이 가는 날

당신처럼 단호한 직모를 가지면 당신과 같은 생각을 할 수 있을까
씻지 않은 설탕 단지를 뒤집어쓰고 한낮을 다 걸었다네

활촉을 닦으며 다정스레 먹여주던 해독제에서 지금과 같은 맛이 났지
나는 차가워진 잇몸으로 추락하며

별똥별처럼 당신의 눈 속으로 뛰어들 테다 당신은 나 대신 과거를 복기할 테다 애리조나의 평원을 뒹굴게 할 테다 그런 도형의 마음으로
붉은 추를 삼키면

저기
늘 발이 젖어 있던 오렌지 나무가 보이네 당신이 내 손목을 잡으면 언제나 같은 가지가 부러지고

죽진 않았군요 다행이에요 당신은 또 가슴을 쓸어내리
네 눈 뜨고 죽은 이의 얼굴을 쓸어내리듯

운동성

정오의 공원, 손을 무릎에 올려두고 앉은 동상의 발치로
웬 개가 달려와 공 하나를 뱉어놓았다가 세차게 꼬리를 흔
들다가 엉덩이를 높게 쳐들고 컹! 벼락같이 한번 짖어보
다가
　뒤돌아 간다
　원하던 관계성에 도달하지 못한 채

　조금만 더 걸어가면 해변이야
　우리는
　함께
　걷는다
　모든 명제를 믿어 의심치 않으며 행위에 몰두한다
　사실은 떠밀려가는 거면서

지나온 공원의 가장자리에서 여자가 황망히 두리번거리
다 개를 발견한다 어느덧 개는 공 대신 달리는 고양이의
뒤를 살벌하게 쫓고 코트 벨트가 바닥에 끌리는 줄도 모르
고 여자는 애타게 목줄이 풀린 개를 쫓고 고양이는 즐거이
흙투성이 벨트 자락을 쫓아 달리는 와중에
　물끄러미 해변을 향한 궤적을 남기는 일

풍경의 영향을 받지 않기로 결심해보는 일

모래사장의 테두리를 흐트러트리는 파도를 보며
저러다간 모래가 다 녹아 없어질 것 같아
너의 농담이 싱거워지고
오후의 빛이 뜨거워지고 있었다

저 많은 모래가 처음부터 모래였을까?

흙이 잘게 쪼개질수록
사람이 빠져 죽기 쉬운 거 알아?
아까 그 개, 잡았을까?

모래를 달궈 뭉치면
바위로 돌아갈 수 있을까?
비치발리볼처럼 서로에게 더 먼 곳으로 질문을 튕긴 뒤
마주 보는 얼굴은 너무 닮아 있고

우리 오늘은 여기에 있자
오늘 여기서 헤어지자는 소리다

딛고 선 모래의 입자가 분주히 부서지는 감각
발자국도 없이 눈앞에서 사라진대도
일목요연한 법칙 없이도 증명되는 때가 올 것이다

어떤 부고를 받아 들고

어쩌다…… 가 아닌 어째서…… 라는 원망이 철썩 치밀
어 오를 때

나중에 먹으려던 크렘브륄레의 표면이

멀리서

고요히

깨지는 소리가 들릴 때

라 토마티나

토마토에 맞으면 되게 아픈 거 알아요?
멍도 들었다니까
오래전 토마토 축제에 다녀왔다던 사람이 말했다

최초의 토마토는 암살 재료였대요
내가 중얼거리자
하지만 때려죽이는 용도는 아니었죠
오래전 토마토에 맞아 멍들었다던 사람이 말했다

서로 토마토 전문가를 자처하며
끊임없이 파스타 포크를 돌리는 동안에도
접시 바닥은 도통 뚫리지 않는다

현관 앞에 잔뜩 쌓인
저 새빨간 덩어리들이 막막하다

토마토는 무성하고
무성할수록 무성의해지는 순리에 동의하며
우리는 사뭇 토마토에 골몰하는 표정을 짓는다

꼭지부터 따야 해요
꼭지가 달려 있으면
토마토가 착각하게 되니까
헛된 희망은 좀 잔인하니까
인도적으로 보관하자구요
홀 토마토로 만들어도 좋구요
손끝이 노란 사람이 말했다

그건 토마토에 대한 예의가 아닌 것 같아요
지금 안 먹을 토마토인데 나중이라고 먹을까요……
나는 토마토가 듣지 못하게 소곤거렸다

그러나
이렇게 잦은 토마토는 좋지 않습니다
얼굴이 하얘지는 부작용이 생길 수 있어요
낯빛이 붉은 사람이 말했다
미리 알았다면 입에도 대지 않았을 것이다

안색을 들킬 때마다
어디선가 케첩 통이 날아올지도 몰라
얼마나 마음을 졸였는데……

누군가를 때려죽일 수 있을 만큼
토마토가 단단하고 아삭하게 개량되기 전까지
대책이 필요하다

토마토는 거꾸로 말해도 토마토니까
토마토에 대한 책임감이 없어진다고
틈메이러, 라고 불러야 한다고
그것이 오늘의 결론이었는데

너는 토마토를 먹을 자격이 없다고
식탁보를 붉게 물들인 사람이 말했다

스프링클러

너 이후로 모든 비가
상징적으로 내리기 시작했다

창문 밖으로 흘러가는 비
창문 안으로 들이닥치는 비
맞아도 되는 비
되도록 투명한 우산이 필요한 비
비가 되기 위해 내리는 비

비가 그쳤나
창문 밖으로 손을 뻗었을 뿐인데

창문 밖으로 내밀어져 나온 손에 감격하며
옥상에서 지상으로
누군가 팔을 쭉 뻗은 채 투신한다면

이내 거두어들인 젖은 손바닥에서 쇠 냄새가 난다면

단 한 번에 풍선을 터트릴 수 있는
그런 첨예한 이야기를 좋아해

천장에 달린 화재 감지기를 몰래카메라로 오해하거나
그 반대의 상황을 마주할 때
서로의 어깨가 젖어드는 순간의 첫 얼룩을

나의 가치는 그런 오독에서부터 기인되는데

너의 뒤꿈치는 찰박찰박 얕은 잠을 밟으며
둥글고 정직한 파문을 남기며
물 나오는 데로 걸어간다

손을 씻으려 수도꼭지를 돌리자 녹물이 쏟아졌다
나는 괜히 설치되었다

네가 빗속을 지나 집으로 돌아가려 했을 때
우리가 잠시 같은 건물 속에 있었을 때

슬랩스틱 플래시

바나나 껍질을 밟은 캐릭터가 뒤로 나자빠지지 않고
태연히 걸어가는 장면이 보고 싶다고
요즘에는 도무지 재밌는 게 없다고
너는 다 들리게 중얼거린다 그것이 내내
웃지 않는 것에 대한 핑계인 듯이

껍질이랑 껍데기의 차이가 뭔 줄 알아?
나는 바나나와 코코넛을 생각하며 말했다
반쯤 남은 채 갈변해가는 망설임과
바위 위로 떨어지기만을 기다리는 단호함을

바나나와 코코넛이 다정히 무성한
남국의 어느 천국 같은 해변을
생각하며

있잖아
사과 껍질을 코코넛 껍데기만큼 두껍게 깎는다면
사과에게도 껍데기의 명분이 생기지 않을까
새까만 마침표 같은 씨 근처까지 바투
칼날이 사과의 살점을 저미며 밀고 들어온다면

한 손에는 잘 익은 확신을
한 손에는 과도를 쥔 채
둥글게 둥글게 만약을 돌려 깎는 동안
훌라 치마를 입은 어제들이 뒤로 나자빠지는 소리가 들
린다

우리는 둘 다 웃지 않고

그런데 껍질은
썩으면 끝이잖아

지금 너의 말에 어떤 의미도 부여하지 않을 것이다

여기는 21세기의 가을
코코넛이 머리 위로 떨어져도
눈알이 튀어나오지 않는 세계다

하우스 와인

노지에서 재배했다는, 한 손에 그러쥐고 뭉갤 수 있는,
즙이 많고 껍질이 얇은 과일

내가 본 적 없는 햇살과 천둥 벼락, 새벽바람을 알뜰히
담은 못생기고 맛 좋다는 과일

검은 비닐봉지 한가득 받은 그 과일, 꽃말 없는 나무에
걸어두었네

아껴 먹으려던 건 아니고 누구 보라는 것도 아니고
다만 향긋하고 의아한 사건인 채로 숙성되도록

흰 우유팩과 헬륨 풍선, 해변에 떠밀려 온 고래 시체

날씨에 따라 모양이 변하는 당연함을 학습하기 위해
다시 한번 봉지의 입구를 단단히 틀어 묶었네

주렁주렁 검은 벌집처럼 매달린 채 둔중하게 전시되는
과거들

창백한 입술로
좀처럼 계절이 바뀌지 않음을 투덜대는 애인들아

머뭇대는 가을 대신

손목엔 검은 봉지를 걸고, 한 손엔 와인잔을 든 채 담벼
락을 넘어오는 낡은 내가 있잖습니까

언제부터 여름이었는지 모호한 여름의 끄트머리였네

이 그 저

나 그것 좀 줄래? 당신 앞의 와인 잔을 가리키면
이거? 내 앞엔 후추병이 놓여 있다
우리에겐 좀 더 필연적인 서사가 필요해
나도 동의한 것 같다 그렇지 않고서야
손톱이 이렇게 매울 리 없다

개가 꼬리를 물고 빙빙 도는 일에는 이유가 없다
우리에게 꼬리가 달렸다면
얼마나 많은 이빨 자국이 새겨져 있겠니

난 이걸 사랑해
라고 말하면 사랑은 가까이에 있는 것 같고
그게 사랑이야
라는 자리에 사랑은 없는 것 같다

이 세상에서 못 한 것을
저세상에선 할 수 있대도
그 세상으로 가진 못할거야 그렇지
나도 난데 참
너도 너다
서로가 없는 자리에서 서로를 그 애, 라고만 부르던 우
리는

베개 위에 떨어진 머리카락으로
구겨진 침대보의 주름으로
어설프게 선을 그으며
또 한 장의 모사가 연재되고

두고 가는 거 없지
현관문 손잡이가 녹아내린다면
얼마나 깊은 지문이 새겨져 있겠니

이렇게와 저렇게 사이
이도 저도 아닌 마음으로
정말 안녕, 당신이 건네면
그렇게 하자, 나는 밀쳐놓는다

얼렁뚱땅 오렌지

검은 고양이가 사뿐, 피아노 위로 뛰어오르네
발소리 대신 악보의 점자를 더듬으며
이것을 음표라고 친다면

당신은 이쪽으로 오렌지를 던진다
불타는 듯 뜨거운 오렌지
내가 놓친 오렌지가 멋대로 건반 위를 구르는 음률
그것은 오해라고 치자

그림자가 바뀌어도
울지 않는 고양이
놀라지 않는 고양이
이런 게 사랑이라고 치고

한 다발로 묶어 올린 머리를 도리질하듯
고양이가 꼬리를 흔들자
뽀얀 먼지가 일어 오른다
이것을 여지라고 치자

부드러운 꼬리에 맞은 잉크병이 엎어지고
방울방울
마루 틈 사이로 새로운 음계가 끼어드네

그것을 애증이라 친다면
귀를 틀어막을 헝겊조차 네가 줬다고 치자

다 식은 오렌지는 페달 위로 떨어져
짙고 아득한 여음을 남긴다

불붙은 탁구공을 손에 들고 이게 오렌지야
하면
믿는 수밖에

고양이가 꼬리를 내리고 개집으로 들어갈 때
쇠로 만든 건반이
하찮게 무너지네 뚱땅

아가미

너 꼭 헤엄치는 것 같아
숨을 헐떡이며 이불 밖으로 나왔을 때
집이 또 낯설어졌다

가끔 너를 이해할 수가 없다
두루치기를 잘하는 집에서 생선 백반을 시키다니
헤어짐이 잦은 이 집에서 사랑을 말하다니

너는 너울너울 소리 없이 내 집 안을 누비고

손으로 머리를 빗어 내릴 때
떨어진 머리카락 수만큼 귀신이 산다는 미신이
배수구가 막힌 이유라면
고개를 끄덕여줄 수 있겠니?
파도를 만들어줄 수 있겠니?

오래 젖은 손끝이 쭈글쭈글해진다
미끄러운 손바닥에 마찰력을 더하기 위해
나무 넝쿨이든 지나가는 사람의 발목이든
붙잡아 살기 위해

리넨 커튼에 눌어붙은 사과 잼 향기처럼
문지르면 파스스 바스러질 허물 주제에
뻔뻔하기도 하지 인간의 진화란

예전에 어떤 우리는
다 마셔버린 와인의 코르크를 엮어보려 애쓴 적도 있었
지만

댐의 안팎처럼 문을 가운데 두고
서로 다른 습도에서
같은 자세로 기대앉는 게 사랑이라면
수문이 열리는 순간은 허가 없이 찾아왔다

고만고만한 얕은 늪을 참방이며
서로에게 찰흙으로 빚은 만두를 먹여주고 싶었지
만두 속에서는 생선 가시가 나올 것이다

예감과 함께
오토바이 소리가 났고
배달원이 빈 어항을 들고 계단을 올라오고 있다

연작

어쩌면 이것은 다른 여지로 이어질 수도 있겠지만
우리는 툭 튀어나온 스웨터의 올을 그저 만지작거리는
방식으로
서로를 참아내고 있다

이 스웨터 말야
목도리로 다시 뜨면 얼마나 길어질까?
그런 말을 꾹 삼키며

추모식에 생일 케이크를 들고 가는 것에
네가 끝내 반대한다면
양초가 다 녹아 꺼지길 기다렸다가
다른 모양으로 만들 수도 있다

생일 축하 노래 대신에
같은 멜로디로 2절 3절 이어지는
돌림노래의 가사를 지을 수도

실로폰을 두드리며 간주하는 동안
쇄골에 고인 빛 속에
연두색 소금쟁이를 풀어놓을 수도

그날 오후
창문에 부딪쳐 산산이 깨져버린 햇살로
투명한 모빌을 만들 수도 있다

우리가 창틀에서 애지중지 키워낸 거미를 죽이는 대신
새로운 패턴의 레이스 커튼을 달 수도 있다
테이블보를 짤 수도 있다

무더위가 오기 전까지 계속 그럴 수 있다
손차양이 어색해지지 않을 때까지

내가 좋아하는 과자

내가 좋아하는 과자는 달고 딱딱한 형태
앞니에 잘 끼이는 검정
입을 가리고 짓는 표정
나는 그걸 걔한테 주고 싶어

걔가 보고 있던 나를 본다
열대 과일은 말리면 더 달콤해진다는데
본 걸 또 보고 있으면
점이 자꾸 커지는 것 같아
계절보다 소매가 더 빨리 자랄 때
숙취는 어지럽게 발효되고

엉터리 레시피를 알려주어도
아무도 항의하지 않았다
실패한 과자가 더 소중한 데에는 이유가 있다
고 생각하기로 한다
다시는 똑같이 만들 수 없거든

언제라도 사라질 수 있다는 점이
아름다움의 이유가 된다

나의 유일함은 검은 반죽에 야광 별을 잘라 넣는 것
차핑 차핑 차핑
자취를 남기기엔 물웅덩이가 너무 잦다
걔가 좋아하는 과자는 돌멩이처럼 야문 비밀
내 명치 속 금붕어는 걔가 다 키웠고

물고기의 언어로 편지가 온다
걔는 오늘 안 와
걔는 단거 안 좋아해
걔는 너 시인이라고 생각 안 해
그래서 나는 주고 싶어
아직 아스팔트가 뜨거울 때

과자, 하고 말하면 어디? 하며 신발을 신는 사람에게

이동 수업

교육정책이 바뀌고
우리는 집시처럼 떠돌게 되었다
내 자리가 아닌데 내가 있어야 하는 곳이 생겨났다
오락실 게임기 속 두더지처럼
어디서든 나타나고 어디로든 사라졌지

주위를 둘러보면
비슷한 수준의 그룹끼리 묶였다는 사실에
누군가는 평화를, 누군가는 초조함을, 누군가는 모욕감
을 느끼는 것 같아

나는 짐짓 모욕감을 느끼는 체했지만
누구보다 평화로웠고 매 과목이 아늑했다

쉬는 시간마다 새로운 풍경의 문이 열리고
일진은 일 교시마다 바뀌고
무심코 앉은 걸상이 아직 따뜻하면 불쾌해졌지만
대체로 유랑은 적성에 맞는 편이거든요
그럼에도 불구하고

개 알아? 하는 소리가 들리면 한 번쯤 떠오르는 얼굴이
되고 싶었다 이를테면

어제 전학 온 애
누가 앉을지도 모르는 자리에 사탕이나 쪽지를 넣어두
는 애
사물함에 몰래 고슴도치를 키우는 애
그걸 소문내는 애

나는 그냥 책상 서랍 속 두더지를 더듬다 물리는 애
이걸로는 논란이 되지 못할 테지만
다행이다
이곳에서도 아직은 구경할 만한 싸움이 일어난다는 게
원하는 거리만큼 타인이 될 수 있다는 게
안도한 순간

아 우리 반 아닌 애들 다 나가라고!

누군가 소리쳤다
저 말을 내가 먼저 했어야 했다

OOTD

신도림역에 모자를 두고 온 적이 있어
몇 년 전이었더라
너는 손가락을 접다가, 불현듯 주먹 속에 표정을 가둔다
둥근 침묵 틈으로 모래처럼 흘러나오는 이야기

그러고 보니
로 시작되는
별거 없는 이야기

셔츠를 뒤집어 입으면
단추의 기분을 이해할 수 있을까
그것도 패션이라고 우길 수 있을까

약속한 듯 모자의 행방에 대해 입을 다물고
몇 번 출구가 디큐브시티지? 얼버무린다

똑같은 겨울 외투가 즐비한 이월 상품 코너를 지나며
내가 살 땐 저거보다 더 비쌌는데
겨울이 끝장나고서야
진짜 가격을 알게 되었지

떨떠름한 얼굴로도
우리는 계속해서 살 테지만
똑같은 건 싫다

쇼윈도는 안과 밖을 동시에 비추고
최선을 다해 산다는 건 어쩌면
일종의 유행성 허세에 불과하다며
안 입는 옷은 이제 버려야겠다고 결심하는 표정을 짓는다

그러면 입고 있는 옷이 예뻐 보였다

뒤풀이 건배사

바쁘신 와중에 이렇게 와주셔서 감사합니다 (술 안 먹을 사람 있어?) 생각보다 순탄하지 못했던 것도 사실이고 많은 일이 있었는데 (맨 마지막에 온 사람은 문 좀 닫아라) 모두 한마음으로 도와주셔서 깔끔하게 잘 끝낸 것 같습니다 (안주 뭐 시켰어?) 많이 기다리게 해서 죄송하고요 일단 (앞에 휴지 좀 치워봐 사진 찍어줄게) 오늘 이 자리는 제가 쏩니다 (펑펑 카메라 플래시가 터진다) 아마 이 중에 몇몇 분은 저한테 말 못 했던 섭섭함 뭐 그런 것도 있을 겁니다 (아 뭐야 가을인데 모기 왜 이렇게 많아) 근데 사실 그건 저도 마찬가지입니다 그래서 오늘 이 자리를 통해 서로 허심탄회하게 (어 나 이거 리터치 받은 거야 타투) 이야기하면서 풀 수 있으면 좋겠네요 (나 오늘은 빨리 마시고 가야 됨) 우리가 다신 안 볼 사이라면 몰라도 아무튼 (어 문자 왔다 여기 누구누구 있냐고 물어보는데?) 누군가에게 섭섭한 감정을 가진다는 것도 참 중요한 것 같습니다 (근데 2차는 어디로 감?) 아무것도 기대하지 않으면 아무런 실망 아니 실망이라기보다 섭섭함도 없잖아요 (노래방 가고 싶은데) 그래도 저는 여러분이 있어서 참 많이 성장한 것 같습니다 (너랑은 맨날 예약곡 겹쳐서 짜증 나) 오늘은 저한테 막 투덜거리고 욕하셔도 좋습니다 다만 (나 얘랑 노래방 가면 화장실도 안 가잖아 노래 뺏길까 봐) 무작정 저를 사랑하지는 말아주세요 그만큼 금방 잊히는 게 없거든요 (일동 웃음)

82

아무튼 이제
다들 잔을 들어주세요

이글루

거기가 그렇게 좋으면 평생 거기서 살아
엄마는 갈 거야
그러던 엄마가 진짜로 사라졌을 때
별안간 어른이 돼버린 거지

여긴 내가 언젠가 엎어버린
밥그릇 속처럼
따뜻하고 살 만해
그러니까 그냥 자

모서리가 없는 방에서
모퉁이를 돌아 사라지는 사람에 대해 생각했다
가란다고 진짜 가는 사람에 대해
사라지는 사람의 신발 밑창에 붙은
뭉개진 밥알에 대해

개 집 안에서 신발 신어
다 벗고 신발만 신고 있다고
어디 가면 꼭 그렇게 말해줘야 해 알겠지
알겠어 근데
그러지 말지
그랬던 사람에 대해

검은 쌀을 씻어 흰죽을 끓이는 동안
오래 머문 발자국처럼 배꼽이 깊어지고

열이 펄펄 끓도록 앓은 다음엔
벽이 더 단단해졌다
나는 자꾸만 방의 가운데로 갔다
가서 가만히 앉아 있었다

벽에 기대면
벽이 녹을 것 같았다

실리카겔

바닷물이 모두 사라지면 뭐가 남을까?

소금이 남을 거라고 대답하던 너는
울고 나서 꼭 찬물로 세수하는 사람

나는 우는 모습마저
거울에 비춰보는 사람답게
길이 남을 거라 그랬지
무인도에 표류하던 사람은 영영
구조라는 희망을 잃게 되겠다고

사막도 원래는 바다였대
네가 말했고
모든 사막이 다 그런 건 아니라고
나는 대꾸했다

해변에는 종교 단체가 방생한 민물 거북들이
뒤집힌 채 죽어 있었다
소금 때문에 죽은 것이었다

파도 소리가 멀어질 때까지
파도 소리와 함께 걸었다

비가 내리면
흠뻑 젖은 길 냄새를 맡으며
우리는 잠시
거북 발바닥의 비린내를 떠올리겠지만

네가 울지 않았으면 좋겠어
그것은 진심이었는데
너는 울게 될 일보다
갑작스러운 단수가 더 두렵다고 했다

리플리 증후군

불 좀 꺼줘
눈을 감은 채
잠꼬대하는 너의
지극한 불면을 본다

어쩌면 지금 깨어 있는 건지도 몰라
잠꼬대가 아닐지도 몰라
사랑 어쩌고를 웅얼거리던 방금처럼

365일 내내 트리를 치우지 않는 집이 있다
그런 집도
일 년에 한 계절쯤은 타당해진다는 믿음으로

내일은 맑고 화창할 거라는 일기예보에
미리 우산부터 챙기는
너의 자세를 신뢰하게 된다

팔월에 내릴 수밖에 없는
함박눈의 입장도 들어봐야 한다며
지난해의 묘비 같은 트리를
트리에 앉은 무구한 먼지를
얼기설기 변호하다 보면

선을 넘은 농담처럼
그림자의 윤곽이 번져나가고
어둠이 투명해지는 동안

저기 현관
자동 센서 등의 불빛이 꺼지는 순간을
자주 목격했다

그린벨트

높이 쌓아 올린 샐러드를
맹렬하게 무너트리며
마주 앉아 포크질을 하던 나날이
우리에게도 있었다

나오지 않는 디저트를 기다리는 동안
배 속은 하염없이 울창해지고
바람이 불면
쇄골까지 자란 우듬지가 세차게 흔들렸지

아름다워
아름답다
너무 아름다운 게 문제였다

풍경이 빽빽해질수록
숨을 곳이 많아졌다
잠시 서로가 사라져도 찾지 않았다
우리 아닌 다른 누가 여기 있을까 봐
영영 아름다운 채 죽어 있을까 봐

폭포 보러 가고 싶다
그 말은 거센 물소리에 묻혀 들리지 않았다

미끄러운 무지개 언덕을 걷다가
초록에 멈추어 바라본다 그다음 색을
그럼 안녕
잘 지내
철철 저물어가는
어제를 뒤로하고

우리는 나무처럼 무럭무럭 어색해지겠지
다람쥐가 묻고 잊은 도토리의 기분으로
천천히 단호해지면서

바람이 불면
병원 문은 몇 시에 열지?
그런 안부를 묻겠지

3부

알고리즘

한 친구가 내게
AI가 단어를 조합해 그려낸 이미지를 보여주었다.
이런 게 바로 새 시대의 예술이 아니냐며
그러나 아마 문학만큼은 대체할 수 없을 거라고
그런 말을 급하게 덧붙인다는 것은
이미 AI가 문학을 대체하고 있다는 뜻이다
오직 사람만이 그런 표현을 쓴다

만일 그것이 사실이라면
나의 부모는 큰 상심에 빠질 것이다

냉동고 문 너무 자주 여닫지 마라 서리 낀다
시 써서 퍽이나 먹고살겠다며
얼린 갈치를 꺼내던 엄마에게
엄만 서리가 중요해 내가 중요해?
뭔 소리고?
이런 게 시야 엄마
이런 게
그랬는데

AI는 회원 가입을 위한 몇 가지 질문을 던졌다
사이트 공개 전부터 조립된 것이었다

자동 가입을 방지하기 위한 아래 질문을 확인해주세요
당신은 사람입니까?
yes
개 모양의 쿠키가 포함된 각 이미지를 클릭하세요
여기서부터 막히기 시작했다 그러니까
개 모양의 쿠키는 어떤 은유를 뜻하나요?
기후 위기와 곡물 파동 속 언어로부터 단절된 인간의 소
통 양상이라고 해석할 수 있나요?
이토록 파편화된 이미지에 의미를 부여하는 것은 방문
자의 몫인가요?

질문에 대답하지 않는 모습까지 완벽하게
AI가 문학을 대체할 수 있다는 주장이 타당해졌다

시인은 이제 곧 아름답게 은유될 것이다
불 꺼진 빈방 속의 불나방
덤불 속에서 죽은 실종견
말라 죽어가는 나무 아래 쌓인 얼음
비눗방울로 만든 크리스마스 오너먼트
서리 낀 냉동고 속에 붙인 바다 사진
너 그거 알아? 라는 질문에
늘 응, 하고 대답하던 사람처럼

미치는 것과 고장 나는 것 중 무엇을 택하는지가
인간적인 태도의 척도가 된다
고장 난 것처럼 벌벌 떨며 휴대폰을 멀리 치워놓았다
딱 한 번 검색한 단어로 끈질기게
나를 모조리 이해한 척하던 것처럼
내 두려움마저 고스란히 표절당할까 봐

이건 거의 산업스파이가 아닌가
앞으로 시인들은 무엇으로 먹고산단 말인가
아는 시인들을 모조리 불러 모아 시국 선언을 하려 했지
만
생각해보니 시는 산업의 영역이 아니었다
아는 시인도 별로 없었다

글라스 하프 소모임

자신이 가진 가장 투명한 잔에
적당량의 물을 채워 오는 것이 이 모임의 유일한 규칙이
다

턱을 괴고 앉아
잔의 가장자리를 젖은 손가락으로 훑으면
깨끗하고 가늘게 떨리는 수면의 살갗

매 순간을 더 선명하게 관람하려
소매가 해질 때까지 유리를 닦는 무해한 사람들
저들과 함께하고 싶다

진홍색의 탁자 위로 천사의 메시지가 들쑥날쑥 조율된다
계시 같은 걸 기다리는 건 아니고
각자의 사연을 유연하고 유의미하게
어루만지는 법을 습득하기 위해

잔 속의 물을 그저
잔 속의 물로 둔 채
어수선한 아름다움으로 변주하기 위해

문지르다 보면
유리잔의 높이가 낮아질 수 있을까
우리가 우리의 슬픔을
생생하게 체감하는 날이 오지 않을까

그럼에도
너무 뜨거운 물을 담아 온 A는 그날 모든 회원에게 질
책을 받았다
당신 때문에 손가락이 델 뻔했다고

연락도 없이 나타나지 않는 사람을 나무라는 법이 없었
다
연락도 할 수 없을 만큼
양손에 너무 많은 잔을 들었나 보지

모두가 입을 틀어막을 만한 악보는 오늘도 완성되지 않
았다
모임이 끝난 후 남은 물은 한데 모아 저소득층 가정의
생활용수로 기부했다

레이시스트

삼 일 내내 삼 분 카레만 데워 먹은 적도 있어
무슨 인도 사람처럼 말야
그렇게 말하며 너털웃음을 짓던
인도인 요셉

나는 사실 그 농담이 퍽 재밌었는데
이거 웃어도 되나 고민하다가
아니 웃으면 안 될 건 또 뭔가 싶다가
그래도 여기서 웃는 건 좀 아닌데 망설이다가
어쩐지 코에 카레라도 들어간 표정을 짓고 말았는데
아랑곳 않고
서울 사람처럼 태연히 라이터를 빌리던
인도인 요셉

잘 지냈어?
주머니 속에서 거추장스럽게 바스락대던 안부를 건네올
때
고개만 끄덕인 걸 사과하고 싶다 나 역시

일주일간 맨밥에 김치만 먹은 적도 있어
마치 한국 사람처럼 말야
그런 말을 해도
여기선 아무도 웃어주지 않거든

흰옷은 더욱 희게
색깔 옷은 더욱 선명하게
그런 세탁 세제 광고처럼
거품 많은 시간을 보냈어
우릉우릉 흔들리는 탈수의 시간을

어디서 이상한 냄새 안 나?
아무리 크게 외쳐도
아무도 동조하거나 동요하지 않는
이상한 냄새를 견디는 시간을
너는
알까?

하루 종일 말 안 한 적도 있어
무슨 시인처럼 말야
인도인 요셉은 손으로 입을 가린 채 웃는다

우리는 흰 티셔츠를 입고
흔들리는 테이블 위에서
카레라이스와 김치를 나눠 먹는다
얼룩 없이 산뜻하게

섬유 유연제를 바꿨다는 소식이나
내 옷에서 이제 꽃향기 난다 맡아볼래?
라는 말 대신
서양 사람처럼
서로를 포옹하며 헤어지기 위해

맥거핀 페스티벌

무인도쯤이 적당하겠습니다
쟤가 여길 왜 왔지
모두가 공평하게 그런 눈빛을 받는 파티

세상 어디에서 누군가 하나쯤은
나를 찾는 노래를
틀어놓았을 거야

그래요
들으면
아, 걔…… 하고
당신이 떠오르는 그런
노래를

달이 뜨면
섬의 둘레가 흐트러집니다
키위 새를 잡겠다고
모두가 해변으로 몰려간 동안
어디선가 뗏목을 부수어 불을 붙입니다

캠프파이어다!
횃불 대신 촛불 한 송이씩 들고
눈을 감아보지만

기도하는 자세만으로는
파도와 싸울 수 없답니다
수면을 후려 패고 침을 뱉어야지요

고장 난 미러볼 같은 달을 향해
당신이 가진 가장 모난 돌멩이를
힘껏 내던져야지요

다만 어둠 속에서 찰나의 빛이 반짝이는 걸
별이라고 착각하지 말아요

누군가 이쪽으로 돌을 던진 게 분명해
돌멩이와 돌멩이가
공중에서 맞부딪친 겁니다
이 세계에서의 아름다움이란 그런 겁니다

한낮에 쏘아 올린 폭죽보다 상징적인
결코 메타포가 될 수 없는 찰나들로 이루어진

오해가 없는 파티는 지루하기 짝이 없습니다
아무도 믿지 않는 소문이 돕니다

멀리 사는 친구

무거운 건 잘 들지만
빠르게 걷는 건 힘들어해

신나게 이야기를 이어가다가
근데 내가 무슨 말을 하려고 이 얘길 꺼냈지?
하는 순간의 어리둥절한 침묵
뒤로 터지는 싱그러운 폭소를 좋아해

잔디 깎는 향기와
광장 분수대의 비 섞인 냄새를
덜 익은 살구와 상한 복숭아가 섞인 바구니를 슬퍼해

우산 없이 걷는 칠월을 좋아하지만
양산 없이 걷는 일요일은 무서워해

시월의 밤나무 숲속 오솔길에서
은박 돗자리를 펴고 즐기는 피크닉의
청신한 불안감을

찬물에 씻다가 부러트린
야채의 단면 같은 단상보다
달고 길고 부드러운
몸에 나쁜 몽상을 선호해

새 앞치마의 순진한 프릴을 사랑하지만
얼룩이 묻으면
잘게 잘라 냅킨으로나 쓰곤 해
울면서 먹는 매운 소스를 좋아하기 때문에

시폰 소매가 펄럭이는
겸연쩍고 어색한 재회를
사실은 반가워해

정전에는 익숙하지만
불 꺼진 현관 타일 위로
구두 한 켤레 떨어지는 소리를 더 좋아해

멀리 사는 나를 좋아해
야채 박스에서 갓 꺼낸 아삭한 슬픔이
여기까지 배달되지 않아서
보고 싶다는 말에 진심을 담을 수 있다고

Try some!

삶은 병아리콩을 장기간 냉장 보관 하면 어떻게 되는지
아십니까?
붉고 아름다운 곰팡이가 핀답니다
어떻게 아냐구요?
저도 알고 싶지 않았어요

그렇게 한 번 위험에서 벗어난 적 있었죠
꼭 먹어봐야 아나요
빛깔로도, 냄새로도 충분히 알 수 있는걸요
하지만 굳이 먹어봐야 아는 것도 있습니다

가령 마음을 먹는 일
이 시간부로 당신을 미워하겠다고 결심하는 일

이상한 나라 속 앨리스의 간식처럼
나를 먹어요! 나를 마셔요!
아우성을 치는 소리가 꿈인가 생시인가
먹어보면 알 수 있을 것 같은 확신이 들지만
신중해야 합니다

골목 한가운데서
입은 옷이 다 찢어질 정도로 커져버린다면
걸음을 멈추고 주저앉을지도

눈에 보이지도 않을 만큼 작아져서
후추병 속에 밤새 갇힐지도 모르니까요

마음인 줄 알고 주워 삼켰다가
겁을 먹는 경우도 허다하지만
욕을 먹는 것보단 낫지 않겠습니까?

어떻게 이리 잘 아냐구요?
저도 모르고 싶었답니다

크로마키

사내는 신문지를 덮고 누워 있다
태연한 발걸음들 사이에서
그는 아무래도 보이지 않는 사람처럼 보인다

새하얀 이불을 머리끝까지 씌우고 잠들면
때때로 천사가 꿈에 나와 물었다

한 가지 색을 골라봐
원한다면, 그 색은 앞으로 없는 색깔로 쳐줄 테니
세상에서 영원히 사라지도록
하나를 포기해야 한다면 넌
무슨 색깔을 고를래?

대화를 엿듣던
과일 바구니 속 모든 껍질이
동시에
소름 끼치도록 선명해졌다

그것은 소리 없는 아우성
역설법을 공부하면서 배웠어요
아이러니와 패러독스의 차이는
논리적으로 성립될 수 있는 문장인가

혹은 그렇지 않은가
에 있다고

그러니까 이것은 요란한 아우성
그럼에도 불구하고 잔인하리만치 고요한
아이러니의 일종
껍질의 채도가 높아질수록 상하기 쉬운 마음이 되고

온 세상 예쁜 색을 다 삼켜 먹은 벽장 속 어둠이 진하게
졸여진다
여기서는 향기로만 존재하기로 약속이나 한 듯

평생 흑백으로만 꿈을 꾸는 사람이 있대
오래된 필름 영화처럼 공평하게 탁하고
적당히 아름다운

셀로판지로 만든 이불을 머리끝까지 덮고 잠들면
깊고 안온한 잠을 잤다

깨어나 밥을 먹었다
사실 밥은 안 먹고 반찬만 먹었다
단정한 잔반을 흰 천으로 덮고 창문을 열었다
흑백의 소음이 벌컥 쏟아진다

마음의 준비

강아지는 몇 살까지 살아요?
십오 년 정도요
지금 키우는 강아지는 몇 살이에요?
열두 살이에요
그렇구나
그런데 이십 년 사는 강아지도 있어요
맞아요

나는 이제
네가 아끼는 푸른 공을 함부로 멀리 던지지 않을 것이다

창밖의 앵무새 앞에서 네 이름을 부르지 않을 것이다

내가 만든 음식을 남김없이 다 먹어치우고
영영 바꿔 달지 않을 못생긴 커튼을 살 것이다

더 이상 너를 위해 불을 때지 않을 것이다
흠뻑 젖어 겹쳐 마르는 발자국을 닦아내지 않을 것이다

모퉁이를 돌 때 모퉁이만 보고
공원을 산책할 땐 맨발로 걷고

울창한 덤불만 골라 밟으며
아픈 발바닥에 대한 시만 쓸 것이다

우리가 함께 살았던 집을 허물 것이다
시멘트 덩어리와 부러진 나뭇가지, 조약돌과 같은 잔해
들을 매일 하나씩 삼킬 것이다
헐거워진 목구멍으로 네 이름을 부르며 안부를 묻는 연
습을

이스트

빵을 만들기 위해 필요한 건 다 있다
빵을 만들 생각만 없다
그럼 꼭 물어 온다
너 혹시 무슨 일 있냐고

무슨 일 없다
아무 일 없어요
진짜 깊은 마음의 균열은 사실 아무 일 없이
평화롭게 시작된다는 거
아는 사람만 안다

그거 아는 사람이 되고 싶어서 안간힘을 쓰고
아무 일도 일어나지 않도록 했거든요

북한에서는 괜찮다를
일 없다라고 말한대

만일 이 몸뚱아리가
입술의 독재로 이루어진
프로파간다의 산물이라면

마음속으로 빵을 만드는 상상을 하다가
피노키오는 속으로 거짓말을 할 때도 코가 길어졌을까?
진심은 어디까지 거짓일 수 있을까?
왠지 혓바닥이 부풀어 오르는 기분

밀가루, 소금, 물, 이스트
네 가지 재료만 있으면 바게트를 만들 수 있다
반죽을 여러 번 내리칠수록 쫄깃한 빵 결을 얻을 수 있다
빵 껍질이 경쾌하게 부서지는 소리를 들을 수 있고
반으로 갈라 샌드위치를 만들 수 있고
오후의 피크닉을 떠날 수 있다

북한에서는 바게트를
베개빵이라고 부른대

오직 잠든 순간의 신념만이 정직하다
잠꼬대가 새어 나가지 않도록
넓은 이불로 반죽을 밀봉한다

어둑시근한 찬장 한켠에
검고 단 잠이 농밀하게 숙성되고

잼병이 하염없이 깊어져가는 만큼
스푼의 길이가 짧아지는 것 같아
소매를 걷어붙이고 뭐라도 해보겠다는 사람처럼
무슨 일이라도 있는 것처럼
내 손등에서 차가운 단내가 난다

백일장 키즈

엄마 아빠 죽여본 적 있지?

사랑하는 이의 관자놀이에 던져 터트리려고
눈덩이를 예쁘게, 아주 예쁘게 굴려본 적 있지?
그러다 전부 녹아버린 적 있지?

한겨울에 꽃가루 알러지를 앓는 척했지?

먼지 쌓인 조화에 끓는 물을 부어주면서
유일한 구원자인 양 감격한 적 있지?

솟아오르는 수증기 사이로 창백하고 눈부신 비늘을 본
적 있지?

지금 네가 있는 곳이 어항 속인지 밖인지
허겁지겁 수도꼭지를 틀어본 적 있지?

수많은 낚싯바늘이 해일처럼 범람했지?
근데 넌 왜 안 다쳤지?

거리의 능소화를 꺾어 입에 넣어본 적 있지?
그걸 누군가 봐주길 바랐지?

최선을 다해 낯설게 바라보다가
무뎌져버린 낯들이 있지?

공중전화 부스 앞에서 울리지 않을 전화를 기다려본 적
있지?
수화기 너머로 엄마 아빠 목소리가 들리길 바랐지?

꿈에 같은 사람

꿈속에서 보이는 얼굴은
살면서 한 번쯤 마주쳤던 얼굴이래
그러니 완벽한 초면이란 있을 수 없다고
나와 눈매가 닮은 사람이 속삭였다

그런데 우리…… 초면 아닌가요?
그런 표정을 지으면
나쁜 사람이 될 것 같은 분위기

여기가 꿈속이란 걸 알아도
여기가 꿈속이잖아요
그런 말을 할 수 없는 분위기

여기는 비가 내렸던 것 같고
자라려다 만 묘목이 있고
무너지려다 만 장작더미가 있다

그늘이, 불빛이, 그림자가 되려다 만
입체적인 가능성의 냄새
한껏 들이마시면 꿈이라는 게 실감 났다

나는 이곳에
아는 사람을 찾아 헤매러 온 것 같다
어제 내 꿈에 네가 나왔어
그걸 꼭 알려주고 싶어서

내 표정을 확인하고 싶은데
웅덩이는 늘 흙탕물이라서

나와 목선이 닮은 사람이 뒤돌아 앉은 채
낱말을 조립하는 것을 본다

꿈에 같은 사람이
같은 사람이 꿈에
사람 같은 꿈이

아까 그 사람이다

원할 때 언제든 깨어날 수 있는 꿈에서는
무엇을 원하는지 통 알 수 없었고

그나저나
여기가 내 꿈속이 맞는 걸까?

완벽한 확신도
완벽한 경계도 없는 얼렁뚱땅한 세계에서
완벽히 익은 태양이 텅!
텅, 텅!
굴러떨어져 오고 있다

유기

현관문을 열 때는 언제나
극도로 조심스럽습니다
사나운 고양이처럼
문 앞에서 웅크리고 있던 마음이
밖으로 튀어나와버릴까 봐
영영 잃어버리거나,
끝내 안락사 당해버릴까 봐

너무 많은 목줄을 쥐고 산책을 나가면
사람들이 힐끔거리며 쳐다봅니다
세상에 마음을 저렇게 키우는 사람이 어디 있냐고

꽉 쥔 주먹을 풀자
손바닥에 선명한 괄호들
서서히 사라지는 동안
피가 돌고 살이 차오르고
나 이제는 박수를 칠 수도 있겠습니다

부른 게 아닌데
박수 소리 한 번에
풀어놓은 마음들이 헐레벌떡 달려옵니다
주머니에 양손을 푹 찌르고 돌아옵니다

헐거워진 현관문 앞에
안 쓰는 의자를 받쳐둡니다
바람에 덜컹대지 말라고
가진 편지를 찢어 접어
다리 밑에 괴어두었습니다

마음이 자랄수록 내 집이 폐허가 됩니다
엄마가 보면 화낼 광경입니다

몰입

나는 공원 벤치에 앉아
한 가지 생각에 골몰해 있었습니다

어디선가
풀 깎는 기계 소리가 점점 커져오더니
비리고 싱그러운 초록의 향이
화들짝
차가운 물처럼 튕겨져 왔어요

하던 생각을 계속하기 위해서는
풀 깎는 소리로부터 멀어지는 게 좋겠어
벤치에서 일어섰습니다
숲으로, 더 깊고 울창한 숲으로 걸어갔지요

걷다가 거미줄에 칭칭 감긴 토끼를 보았고
나비 날개에 맞아 부리가 부서진 새를 보았고
불타는 반딧불이를 보았어요

그래도 생각을 놓지 않았습니다

이윽고
길이 사라진 숲의 한가운데에 이르자

축축한 낙엽으로 가득 찬 구덩이가 보였습니다
언젠가 내가 파놓은 구덩이입니다
기억이 나요

더 깊게 생각에 잠기고 싶어서인지
생각을 이만 끝내기 위해서인지
알 수 없지만

썩어가는 낙엽을 파내고 나는
구덩이 속에 떨어진 한 알의 열매처럼
몸을 웅크렸습니다

그림자의 윤곽이 상해갈수록
생각의 테두리가 단단해졌어요

단단해지고 선명해져서 나는 더 이상
생각 속으로 들어갈 수 없게 되었습니다
그제야 슬프다는 생각이 들었습니다

생각의 주변을 배회하는 생각을 하다가
까무룩 눈을 감자

공원의 입구가 보입니다
풀이 무성했습니다

캐시어스 클레이, 자주색 비키니 옷장

 1
그가 시들고 나서야 알려졌다
옷장 속 가득 찬 레이스 속옷에 대해

 2
그는 한때 오두막의 영웅, 늙은 고양이의 볼기짝을 후려
칠 때마다 환호하던 생쥐들이 있었다 언제나 먹다 남은 생
선 뼈를 모아 붉은 얼굴로 식당을 나서던 남자

아무나 못 먹는다는 인도산 고추를 맛깔나게 먹을 줄 아
는 남자 입냄새를 숨기기 위해 늘 침묵하거나 소리치던 남
자

그가 태풍처럼 소리치면 침방울이 사방으로 튀었다 자
매들은 일제히 밥그릇을 덮었다

만다린 향이 시계탑 위에서 터지던 봄날, 그가 새로운
프로필 사진을 찍는다는 소문이 마을에 퍼졌다

삼류 잡지 커버에 실린 풍만한 비키니 모델처럼

모두 그의 짧은 운동복 차림을 원했다 살의로 팽팽하게
차오른 근육, 그 긴장을

겨울 양복을 입은 그가 사진관의 문을 열었을 때 관중들
의 배신감은 더욱 견고해졌다

그는 잠시, 계절을 찢어야 할지 고민했고

관중들은 그의 액자 사타구니에 붉은 스티커를 붙였다

켄터키의 어린 소년들만이 이 빠진 옥수수를 쥐고 그에게 환호했다 달려드는 늙은 생쥐들

어머, 어째서 당신의 접시에 케이크가 있나요? 미안해요 내 실수예요

아내는 그가 기른 병아리와 강아지를 잡아 식탁에 올렸다

한밤중, 아이들이 남긴 케이크를 몰래 파먹으며 그는 부풀어갔다

납작 가슴 스트립 댄서의 브래지어 패드처럼

상처를 만드느라 붉은 립스틱은 매일매일 뭉개졌고
등 뒤로 총성이 스파크처럼 터졌다

입을 가린 관중들이 그에게 장미 줄기를 던져주었다

해설

당신을 고백하는 찰나의 빛

시는 발화다. 끄적임은 독백에 가깝지만 펼쳐질 가능성을 품은 웅크림이다. 혼잣말일지라도 누군가 열어 읽을 때, 그것은 애타게 청자를 기다렸던 '말 걸기'가 된다. 그러므로 시는 쓰이는 순간 읽힘을 예비한다. 시인은 시에 힘껏 실어 보낸 진심이 온전히 들키기만을 기다린다. 따라서 시란 필연적으로 고백이다. 백인경은 모조리 탄로 나버리고 싶은 사람처럼 열렬히 말을 건다. 그는 몸체를 숨긴 자기 마음을 누군가 훔쳐 달아나 낱낱이 해부해주기를 바라면서 고백하는 자다. 시인이 시로써 고백한다는 것은 특기할 만한 일은 아니다. 그러나 백인경의 고백은 이중적이라는 데 그 독특함이 있다. "들키고 싶지 않은 문장 속에도 / 알아봐주길 바라는 단어"(「악필」)가 있듯, 그의 고백에는 모순적인 갈망이 담겨 있다. 뿐만 아니라 드러낼 수 없기 때문에 불가피하게 숨긴 공백이 있다. 그는 남김없이 다 고하려고 하면서도 아직 알아차리지 못한, 그래서 언어화가 불가능한 타자의 아픔까지 빠짐없이 말하려 한다. 이 때문에 그의 고백은 은폐를 수반한 기묘한 폭로가 되어버린다. 고백할 수 있는 나의 슬픔과 상한 마음, 고백할 수 없는 앓는 타자의 고통과 해진 마음, 이 모두를 고백하려 드는 무모하면서도 다정한 결기는 그의 시를 감춤과 드러남이 뒤섞인 혼잡한 공간으로 만들어놓는다. 난잡해지기를 무릅쓰며 백인경이 해내려는 작업은 아무래도 자기처럼 아픈 존재에게로 다가서는 일인 듯하다. 그렇다면 그의 고백이 목표하는 바는 자신이 겪은 고통을 빼곡히 전시하는 일이나 이를 앞세워 다수의 위로를 갈구하는 일, 혹은 공감해주길 호소하는 일이 아니게 된다. 진단명이 없어서 거짓된 감각으로 남은 통증을 숨어서 앓는 외로운 이들에게 백인경은 다가가 나도 똑같이 아팠다고 말하려 한다. 그리하여 아픔을 감춰왔던 시간에서 해방시켜 주고 싶어 한다. 그러므로 백인경이 시로 하는 고백의 궁극적인 목적은 발견에 있다. 나만큼, 아니 나보다 아픈 사람들을 찾아내는 것.

어린 동생은 아침마다 배가 아프다고 칭얼거렸다
아무도 이해할 수 없었던 복통
의사만이 증명해주었다
어제 뭘 먹었습니까
오늘 아침엔 식사를 했습니까
어머니, 얘는 지금 배가 고픈 겁니다
어린 친구들은 종종 그렇게 표현하지요

의사가 알아보는 것만으로는 충분하지 않다
항상 얼어 있던 컵 속의 물처럼
주머니 속에 넣은 손등이 붓는다

지폐보다 영수증이 더 많은 주머니
들어갔다 나오면 버섯 향이 배는
그런 주머니
다른 말로는 혹이라고도 해
증상뿐인 병들은 대부분 그렇게 불렸다

얼음이 꾸는 악몽처럼
그것들은 삼켜도 삼켜도 배설되지 않는다

오래 질겅거리던 기억을 잘 싸서 버리기 위해
까스 활명수와 멘솔 담배가 찍힌 영수증을 샀다 이거라면
너도 이해할 것이다 선생님, 그러니까

얘는 지금 바지가 아픈 겁니다

허리띠를 풀면 어제들이 쏟아질 테다
나는 꾸깃꾸깃 추측되겠지만

딱풀로 영수증을 붙이며 식대를 지급해달라고 썼다
꾸덕꾸덕 마른 허기를 닫힌 병원 셔터 아래에 밀어 넣고 나
는 달아났다

—「영수증은 버려주세요」 전문

　"어린 동생"은 "배가 아프다"고 호소하지만 "아무도" 그의
"복통"을 이해할 수 없다. 이때 "의사"만이 이를 "증명"해준
다. 1연은 언뜻 동생의 복통을 이해하고 입증해주는 자가 의학
적 지식을 지닌 전문가뿐이라는, 단순한 내용처럼 보인다. 그러
나 "의사만이 증명해주었다"라는 문장에 목적어가 빠져 있다는
데 집중하면 다르게 읽힌다. 동생을 진찰한 의사는 "얘는 지금
배가 고픈" 것이라고 진단한다. 그러면서 "어린 친구들"은 배가
고픈 감각을 "종종" 통증으로 잘못 표현한다는 설명을 덧붙인
다. 더군다나 그가 이 내용을 전하는 대상은 고통의 당사자인
"어린 동생"이 아니라 합리적인 판단이 가능할 것으로 기대되
는 성년의 보호자, "어머니"다. 고통을 증명해줄 수 있는 유일
한 존재인 "의사"는 그러한 감각은 배고픔이라고 정정해주며
아픔을 부정한다. 고통이 아닌 것으로 판명 난 아픔은 구체화될
기회를 잃고 더는 표출해서는 안 되는 것이 되어버린다. "의사
가 알아보는 것만으로는 충분하지 않다"라는 판단은 권위에 기
대어 고통을 손쉽게 소거하는 세계의 원리보다는 그로부터 소
외된 감각의 당사자에게 좀 더 기울어 있다. 일련의 진찰 과정을
경험한 화자는 "주머니 속에 넣은", 그러므로 타자에게는 보이
지 않을 "손등"이 붓는 것을 느낀다. 그와 같은 부어오름 또한
진단되지 않을 증상이므로 꺼내어놓는 순간 부정당할 것이다.

그러므로 "삼켜도 삼켜도" 그러한 통증은 "배설되지 않"고 발설될 수도 없다. 이러한 사회에서 앓는 이들이 고민하는 것은 어떻게 하면 그 통증을 타자 또한 알아차릴 수 있게 세세히 묘사할 수 있는가 하는 문제가 아니다. 검증될 수 있는 것만이 실재로 받아들여지는 세계에서 이들에게 필요한 것은 "영수증"과 같은 근대적 절차에 걸맞은 입증 수단이다. "증상뿐인 병들"은 대부분 "혹"과 같이 불필요하게 불거져 나온 살덩이로 취급되므로 소위 정상 사회에 적응하여 살아가기 위해서는 빨리 감추고 치워버려야 할 추한 잔여물이 된다. 이는 "얘는 지금 바지가 아픈 겁니다"와 같이 신체 바깥의 의복을 앓고 있다는 비논리적인 문장이 아니고서는 설명할 수 없는 추방된 감각이다. 그러므로 비정상으로 치부되는 고통을 앓고 있어 그것을 잘 알아보는 '나' 역시 "꾸깃꾸깃 추측되"기만 할 뿐, 명확히 이해되거나 언어로 풀이될 수 없는 존재가 된다.

비현실로 밀려난 통각을 논하기 위해 동원된 가상의 설정으로 인해 상상과 현실의 경계가 불분명해진 시는 결미에 이르러 처절한 현실로 완전히 내려앉는다. "식대를 지급해달라"라는 지극히 현실적인 호소를 마주한 독자는 갑작스레 익숙한 문법으로 내던져진다. 이는 백인경이 스스로 구축한 혼잡한 세계를 현실의 차원으로 급강하시켜 독자에게 충격을 가하는 방식이며, 시집 전반에서 자주 활용된다. "딱풀로 영수증을 붙이며 식대를 지급해달라고" 쓰는 '나'는 "병원 셔터 아래"로 "허기"를 "밀어넣"은 채 달아난다. 이때 통증을 배고픔 정도로 치부하던 "의사"와 그가 대표하는 이성 중심 사회의 관점, 진단되지 않으면 없는 감각으로 치부해버리는 상징계의 방식을 겨누고 있는 듯 보였던 시 전체가 허기마저 통증에 가깝다는 인식에 도달하며 한차례 크게 흔들리게 된다. 이 반전으로 인해 "어린 동생"의 몸에 머무르던 통증은 '나'에게 전이된다. 천천히 옮아가는 것이 아니라 통째로 전염된다. 이러한 갑작스러운 비약은 고통만을 매개로 하여 타자와 '나'가 지체 없이 겹치도록 만든다. 이와

같은 백인경 식의 매력적인 돌파는 독특한 관계성을 기반으로
한다. 그러므로 시인이 설정하는 타자와 자아의 기이한 관계에
더욱 주목해볼 필요가 있다.

　백인경은 첫 시집인 『서울 오면 연락해』(꿈공장플러스, 2018)
에서도 줄곧 타자에게 말을 건네왔다. 집을 떠난 언니들에게, 남
겨진 동생들에게, 학창 시절의 친구들에게, 이름만 아는 누군가
에게, 도통 이해할 수 없는 너에게, 또 어딘가에 숨어 있을 마음
이 상한 당신에게. 지극한 내밀함과 극도의 개방성을 지닌 대화
를 시도했다는 점에서는 두 번째 시집과 궤를 같이한다. 그러나
첫 시집에서는 타자에게 매우 밀착한 상태로 대화를 이어나가려
했다면, 두 번째 시집에서는 그 관계성에 변화를 꾀한다는 점에
서 차이가 있다. 이번 시집에서 백인경은 타자와 '나'를 구분한
상태에서의 밀착이 아닌, 아예 빈틈없이 포개어져 분간할 수 없
을 정도의 온전한 스밈을 시도한다. 너와 나는 가까워질 수는 있
어도 서로에게 명백한 타자였다면, 이제는 서로에게 겹친 상태로
같은 것을 감각하고 같은 방식으로 인지한다. 마치 촉수를 공유
한 사이처럼. 이는 "다정한 형태의 상실"인 "융화"(「마스킹」)나
'우리'라는 확장된 형태로의 범박한 통합과는 다르다. 백인경은
'너'의 일부를 탈각하여 '나'로 환원해버리지 않는다. 혹은 '나'
를 과장함으로써 '너'와 동일시될 수 있다고 주장하지도 않는다.
그저 '너'를 온전히 흡수하면서 동시에 '너'에게 잠식된다. '너'
가 세상을 감각하는 방식 그대로를 오롯이 느낄 수 있는 '나'를
선보이며 새로운 관계성으로 뻗어간다.

　　나예요
　　미친 바람 불던 날
　　숲에서부터 날아든 연두색 미농지

　　철없이 팔락이며 당신 늑골의 곡선을 베끼던
　　구김 많고 불투명한 마음 한 장

당신 심장보다 더 요란한 소리를 내며
실컷 가슴을 때려보다가
안개에 함빡 젖으면 기꺼이 투명해질래요

언제까지 그렇게 제멋대로 사랑할 셈이냐고
나뭇잎들이 수군거린다면
그 몸통이 반 토막 난 후
한 장의 보잘것없는 이면지가 될 때까지라고 말하겠어요
　　　　　　　　　　　　　　　　　ー「애착의 형태」전문

　"나예요"라며 말을 건네는 화자는 자신을 "숲에서부터 날아
든 연두색 미농지"로 소개한다. 미농지는 얇지만 질긴 성질을
지닌 종이다. 이러한 '나'는 "당신 늑골의 곡선을 베끼"어왔음
을 고백한다. 화자는 비록 구겨지고 불투명한 "마음 한 장"에
불과하지만, "당신"을 그대로 투영하기 위해서 "기꺼이 투명해"
지려는 헌신적인 자세를 지니고 있다. 이것은 "제멋대로 사랑"
하는 방식이자 병적인 '애착의 형태'일 수 있겠지만, 화자는 굴
하지 않는다. "몸통이 반 토막" 난 "이면지가 될 때까지" "당
신"을 대하는 자세를 고수하겠다는 다짐을 내보인다. 종이로 자
신을 형상화하는 화자가 재사용되는 "보잘것없는 이면지"가 되
어서라도 "당신"을 마저 베끼려 할 때, 즉 당신의 원본 그대로
를 온전히 체화하려고 할 때 이 관계성은 '너'와 '나'의 밀착을
넘어서 겹침으로 도약한다. 그것은 '나'가 다 해질 정도로 감당
하기 어려운 초과라 할 수 있다. 그럼에도 불구하고 그러한 압
도를 감내하려는 이유는 당신이 나와 닮은 슬픔, 나와 같은 아
픔을 지니고 있음을 다 고백하기 위해서다. '나'의 결핍과 상처
를 고백하는 게 아니라 못다 껴안을 '너'를 고백하려는 시, 그것
이 백인경의 시다.
　'너'에 대한 시인의 감각과 감정은 '배니싱 트윈(Vanishing
twin)'으로 형상화되기도 한다. 이는 관계성에 대한 백인경의 사
유를 보여주는 시편이라 할 수 있다.

우리는 똑같은 자세로 매달려 있었다
물감이 부족한 데칼코마니처럼 희미하게

엄마는 담배를 피웠다 우리에게
구름으로 만든 신발을 신겨주려고 마치 천사의 감옥처럼
아늑하게
두 개의 초침으로 시끄러운 그곳에서
서로의 전생에 대해 속삭이며 콜록콜록 웃은 적도 있었지

손금이 갈라지자 손바닥이 가려웠다 여긴 뾰족한 게 없어
우리는 볼펜이 필요한데
서로의 손바닥에 이름을 적어주고 싶었는데

누나가 먼저 주먹을 쥐었다 아무것도 기억하지 않겠다는 듯
이게 싸움의 자세라고 했다

어제는 비가 내렸다 주먹이 단단해질수록 빗방울이 뾰족해
졌다
라디오 주파수가 위태롭게 흔들렸다 내일의 날씨가 혼선될
때
누나가 혹처럼 둥글어졌다 우리가 배운 최초의 거짓말
다음에 다시 만나자
누나의 흐무러진 손바닥이 찢어진 날개처럼 파닥대다 사라
졌다

무덤을 옆에 두고 잠들 때마다 무서운 꿈을 꿨다
엄마는 모르는 것 같다

나는 빨리 자라고 싶었다 손뼉을 치며 웃으려고
　　　　　　　　　　　　　　　　　－「배니싱 트윈」 전문

'배니싱 트윈'은 쌍생아 중 하나가 모체 속에서 사라지는 현상을 의미하므로 시 속의 "우리"는 아직 태어나지 않은 쌍둥이다. "우리"를 임신한 "엄마"는 "담배"를 피운다. 산모의 흡연은 태아에게 해로우므로, 이들이 충분히 보호받지 못했음을 알 수 있다. 위험에 노출되어 있다는 사실에 개의치 않고 "서로의 전생"을 속닥이며 함께 웃는 이들은 "서로의 손바닥에 이름을 적어주고" 서로를 기억하려 하지만, "누나"는 쌍둥이 동생인 화자를 남기고 "혹처럼 둥글어"져 사라진다. "혹"이란 "증상뿐인 병들"(「영수증은 버려주세요」), 즉 진단되지 않는 아픔을 세분하지 않고 통칭하는 말임을 앞선 시에서 확인해보았다. 그러므로 불필요한 잉여로 여겨질 '나'와 똑 닮은 "누나"는 얼른 잊어버려야 하는 존재다. 그러나 작은 "혹"에 불과한 타자가 곁에 머물렀던 흔적은 그 부재를 강렬히 환기하는 거대한 상징물인 "무덤"으로 '나'에게 다가와 부채감과 공포를 안긴다. 이 시는 한 편의 완결된 시로도 기능하지만, 백인경이 타자를 대하는 관점을 상징적으로 보여주기도 한다. 쌍생아 중 하나가 소실되는 현상인 '배니싱 트윈'은 '태아 흡수(fetal resorption)'라고도 불리는데, 사라진 태아가 남은 태아에게 흡수되거나 모체에 재흡수되기 때문이다. 이는 백인경이 '나'와 '너'라는 관계를 인식하는 방식과 맞닿아 있다. 백인경 시집의 '나'들은 자신과 꼭 닮은 '너'들이 이미 '나'의 안에 기거하고 있기에 '너'에게 완전히 압도된 자다. '너'의 아픔과 슬픔, 상처와 결핍, 거짓된 희망을 품었다 좌절하는 방식까지 대신 고백하려는 무모한 의지는 '너'에게 이미 겹친 '나'로서는 의무가 된다.

그러므로 백인경이 시집 전반에서 계속해서 '시인'이라는 정체성을 강조하는 이유는 시인임을 인정받기 위해서라기보다 완전한 '너-되기'를 수행하는 일이 바로 시인의 책무라고 생각하기 때문일 것이다. 물론 비등단 시인으로 자신을 표현하는 그가 등단 제도를 거치지 않고도 시를 발표할 수 있다는 자유로움과 용기를 전파하는 일에 힘쓰고 있다는 점 또한 작용했을 것이다.

하지만 이외에도 그가 자신의 시인됨을 반복해서 이야기하는 이유가 더 있는 듯하다. 시인이라면 행해야 할 의무를 다하려는 단단한 다짐이자 다정한 약속을 시집에 새기기 위해서 '시인'과 '시집', '시'라는 직접적인 용어를 노출하며 시인으로서의 정체성을 다져가고 있는 것이다. 누군가의 "억장 같은 게 무너지는 걸"(「플랭크」) 목격해온 한 사람으로서, "방생"이라는 명목하에 바다에 방치되는 "민물 거북들"(「실리카겔」)이 되어본 존재로서 '마음을 키워'(「유기」) 숱한 마음에 중첩되고 이를 속속들이 알아내어 고백하는 자, 그런 책임을 지는 자를 그는 시인이라고 생각하는 것 같다. 그래서 "걔는 너 시인이라고 생각 안 해"(「내가 좋아하는 과자」) 따위의 모욕의 말은 곧잘 견디면서도 "돈을 주고서라도 / 시를 공부하겠노라 선언"하는 애인에게는 "제발 그러지 말라고" "간곡히 부탁"(「악필」)하는 것일 테다. 시인이라는 호칭이 권한이나 권리를 부여하는 것이 아니라 도리어 막중한 책임감을 요하는 멍에임을 잘 알기 때문이다. 그러므로 백인경이 품은 시인으로 살고자 하는 집요한 마음은 '나'이면서도 완벽히 '너'인 존재가 되려는 애처롭고도 아름다운 싸움의 의지다. 응원하지 않을 수 없다.

그는 시인의 역할을 다하려 하는 자이기에 참혹한 이 세계를, 안전한 위치에서 거리를 두고 살필 수 없다. "어쩌다"라는 다소 건조한 말로 타자의 불행과 슬픔을 넘겨버리지 않고 언제나 제 것처럼 느껴 분노하며 "어째서"라고 묻는다.(「운동성」) 그러므로 백인경이 건네는 대화이자 고백은 매끄럽지 않다. 과도하고 당돌하고 거침없으며 "괴랄"(「스케치 여행」)하다. 단, 그렇기 때문에 읽는 이에게로 가 마찰할 수 있게 된다.

> 고장 난 미러볼 같은 달을 향해
> 당신이 가진 가장 모난 돌멩이를
> 힘껏 내던져야지요

다만 어둠 속에서 찰나의 빛이 반짝이는 걸
별이라고 착각하지 말아요

누군가 이쪽으로 돌을 던진 게 분명해
돌멩이와 돌멩이가
공중에서 맞부딪친 겁니다
이 세계에서의 아름다움이란 그런 겁니다

한낮에 쏘아 올린 폭죽보다 상징적인
결코 메타포가 될 수 없는 찰나들로 이루어진

오해가 없는 파티는 지루하기 짝이 없습니다
아무도 믿지 않는 소문이 돕니다
                              —「맥거핀 페스티벌」 부분

　"어둠 속에" 나타나는 "찰나의 빛"을 그 자리에서 원래 반짝
이고 있던 "별"로 여기기는 쉽다. 그렇게 본다면 이 반짝임은
별이 관성적으로 유지하는 상태에 불과하다. 그러나 시인은 그
잠깐의 빛이 "누군가" "이쪽으로" 던진 "돌"이 또 다른 던져진
"돌멩이"와 "공중에서 맞부딪"혀 생긴 행위의 산물이라고 말한
다. 현란한 색채를 과시하며 잘 돌아가고 있다고 으스대는 "고
장 난 미러볼 같"은 세계에 맞서 "가장 모난 돌멩이"를 힘껏 내
던질 때 비로소 침묵 같은 어둠을 깨뜨리는 반짝임이 생겨난다.
그것이 바로 "이 세계에서의 아름다움"이다. 명멸하는 빛뿐만
아니라 순간의 빛을 내기 위해, 그리하여 휘황찬란한 어둠에 가
려진 우리의 슬픔을 드러내 보이기 위해 기꺼이 싸워내는 움직
임까지가 아름다움인 것이다. 이는 용기 내기를 수고롭게 거듭
할 때에야 비로소 마주할 수 있는 희망이다. 누군가를 고문하는
"헛된 희망"(「라 토마티나」)이 아니라 찰나지만 진실한 희망
말이다. 그것은 어쩌면 "아무도 믿지 않는 소문"이자 한낱 "오

해", 그리고 줄거리에는 큰 영향을 줄 수 없을 미끼인 '맥거핀'
이다. 그러나 백인경이 던지는 부싯돌은 외따로 앓는 우리에게
로 건너와 작은 파문을 일으킨다. 당신의 숨은 아픔까지 다 고
백해주려고 시가 남아 있음을 알려주려는 듯 여기 당신에게 던
져지는 돌이 있다. 돌들이 있다. 저쪽으로, 감추어 왔던 단단해
진 마음을 꺼내어 던지면 결말이 달라질 것이다.

빛이 있다.

성현아(문학평론가)

지은이 백인경

시인. 시집으로 『서울 오면 연락해』가 있다.

멸종이 확정된 동물

초판 1쇄 발행   2024년 11월 18일

지은이   백인경

발행인   박지홍
발행처   봄날의책
등록   제311-2012-000076호(2012년 12월 26일)
주소   서울 종로구 창덕궁4길 4-1, 401호
전화   070-4090-2193
전자우편   springdaysbook@gmail.com

기획·편집   박지홍
디자인   전용완
인쇄·제책   세걸음

ISBN 979-11-92884-40-0 03810

이 책은 서울특별시, 서울문화재단 '2022년 창작집 발간 지원사업'의
지원을 받아 발간되었습니다.

표지 그림은 수연 작가의 〈부드러운 미래(A Soft Future)〉(acrylic on canvas,
53 × 62 cm, 2021)입니다.